Hosibald und das Zauberschwert

Ein Märchen für Kinder
von 2 – 10 Jahren
und älter,
sogar für Erwachsene

Geschrieben
von
Manfred Stanzel
mit Bildern
von
Eveline Schiefele
und
Melanie Reichhardt

editionblaes

Illustrationen: Eveline Schiefele und Melanie Reichhardt

Layout und Satz: Renate Blaes, www.renateblaes.de

Edition Blaes
Am Steig 11, 86938 Schondorf
www.editionblaes.de

Druck: Drusala, CZ-73801 Frýdek-Místek

ISBN 978-3-942641-74-6

Dieses Buch gehört:

**Wenn du willst,
dass Menschen sich verstehen,
lass sie gemeinsam
etwas schaffen.**

Antoine de St. Exupéry

Vorwort

Als mein Sohn im Kindergarten war, schrieb ich ein Theaterstück für Kinder. Die Kleinen lernten ihre Texte sehr schnell und spielten ihre jeweiligen Rollen mit großem Engagement.

Nach jeder Aufführung stellte eine Erzieherin dem Publikum einzeln die Mitspieler und Mitspielerinnen vor. Dabei verbeugten sich die Kinder vor den Zuschauern. Mir fiel auf, dass das Vorspielen und Vorgestelltwerden den Kindern viel Selbstbewusstsein gab. In der Hoffnung, dass das Stück in Kindergärten und vielleicht auch in Kinderkrankenhäusern von Kindern gespielt wird, beschloss ich, das Stück zu verlegen.

Aus diesem Theaterstück entstand dann dieses Märchenbuch. Ich hoffe, dass es dazu beitragen kann, Kindern Mut und Selbstvertrauen und den Wert von Freundschaft zu vermitteln.

Das Zauberschwert ist eine Metapher für das Selbstbewusstsein, das jedes Kind im Laufe seiner Entwicklung „finden“ sollte, um seine Aufgaben im Leben zu bewältigen und ein starke Persönlichkeit zu werden.

Anfangs dachte ich, dieses Märchen sei hauptsächlich für Kinder von 2 - 6 Jahren. Aber als wir es dann mit Grundschulkindern einstudierten, erlebte ich, dass auch größere Kinder unbedingt mitspielen und das Buch lesen wollten.

Außerdem sagten mir mehrere erwachsene Frauen, dass sie auch noch gerne Märchen lesen ...

Manfred Stanzel

Es war einmal vor langer, langer Zeit in einem fernen Land. Dort regierte ein König mit viel Güte und Weisheit.

Das Volk war glücklich und lebte in Frieden. Alle Menschen hatten genug zu essen und wohnten in einfachen, schönen Häusern. Die Kinder spielten und lernten, und die Erwachsenen arbeiteten gerne. Aber sie feierten und lachten auch oft miteinander.

Doch eines Tages entführte der Bösewicht Ritter Kunibert die schöne Prinzessin Edeltraut und hielt sie in einer Höhle gefangen.

Die Höhle wurde von einem fürchterlichen Drachen bewacht. Außerdem hatte Kunibert auch noch die Amme der Prinzessin, Elfriede, mit entführt, damit es der Prinzessin in der Höhle nicht so langweilig war.

Der alte König ließ verkünden, er würde demjenigen Mann, der seine Tochter befreit, sein ganzes Königreich schenken und ihm die Prinzessin zur Frau geben. Schon viele Ritter und Edelmänner hatten versucht, die Prinzessin zu befreien, doch keiner von ihnen schaffte es.

Da hörte in einem fremden Land der edle Prinz Hosibald vom Schicksal der schönen Prinzessin.

Zusammen mit seinem treuen Knappen Eduard ritt er über Berge und durch Wälder und suchte die Höhle, um die Prinzessin zu befreien.

Bald kamen die beiden in den Zauberwald. Der Wald war finster und erfüllt von unheimlichen Stimmen. Die Tannen, Eichen und Buchen standen dicht und ließen nur wenig Sonnenlicht bis zum Boden durchdringen. Nur ein schmaler Weg schlängelte sich durch das Gestrüpp und führte unsere beiden Freunde zwischen den Bäumen hindurch.

Eduard war es im Wald gar nicht geheuer. Darum sagte er: „Mein edler Herr, meint Ihr wirklich, dass es ratsam ist, durch diesen dunklen Wald zu reiten?“

Hosibald, der vor fast nichts Angst hatte, sagte darauf: „Eduard, hab keine Furcht. Bleib nur in meiner Nähe, dann passiert dir nichts!“

Eduard gab sich damit aber nicht zufrieden: „Ich finde es hier aber unheimlich.“

Hosibald machte ihm Mut: „Ich habe keine Angst, Eduard. Nimm dir ein Beispiel an meinem Pferd, der guten, alten Hosinante.“

Und so ritten unsere beiden Helden lange, lange Zeit durch den Wald. Plötzlich flog eine Hexe auf ihrem Besen daher. Sie landete genau vor Hosibald und krächzte: „Wen haben wir denn da? Einen Knappen und einen Miniprinz! Wohin des Weges, edler Mann?“

Hosibald entgegnete ihr mit fester Stimme: „Wir wollen die Prinzessin befreien. Aber wer seid Ihr überhaupt?“

„Ich bin die Hexe Walli, die größte und beste und vor allem die schönste Hexe im ganzen Land! Sieht man das denn nicht?“

Eduard erwiderte schnell: „Doch, doch, äh, kennt Ihr den Weg zur Drachenhöhle, gute Frau?“

Walli kicherte hämisch: „Den Weg kenn ich gewiss, doch werd' ich ihn euch nicht verraten.“

Eduard erschrak: „Ich glaube, Ihr seid eine böse Hexe!“

Walli freute sich: „Genau, und darum verzaubere ich dich jetzt. Misch, Masch, Mosch, du wirst jetzt ein Frosch.“

Doch was war passiert? Hosibald war kein Frosch, sondern ...

… ein Schwein, rannte im Kreis herum und grunzte dabei. „Grunz, Grunz!“

Die Hexe Walli hatte den falschen Zauberspruch genommen, und darum wurde aus Hosibald ein Schwein anstatt ein Frosch.

„Oh, ich habe wohl den falschen Zauberspruch erwischt“, wunderte sich Walli. „Fanz, Funz, Finz, sei wieder ein Prinz!“

Zum Glück hatte die Hexe Hosibald wieder in einen Prinzen zurückverzaubert. Aber Walli wollte Hosibald unbedingt in einen Frosch verwandeln! „Ich probier’s noch mal. Bisch, Basch, Bosch, gleich bist du ein Frosch.“

Im gleichen Augenblick war aus Hosibald ein Frosch geworden, der herumhüpfte und dauern quakte: „Quak, Quak! Quak, Quak!“ Walli freute sich. „Diesmal hat’s geklappt! Hi, hi, hi.“ So plötzlich, wie sie gekommen war, verschwand die Hexe wieder auf ihrem Besen im Wald.

Prinz Hosibald und sein Knappe Eduard ritten weiter zwischen den Bäumen, und Eduard fragte ganz verzweifelt: „ Mein edler Prinz, was sollen wir nur tun?“ Aber Hosibald quakte darauf nur: „Quak, Quak!“

Plötzlich erleuchtete ein heller Schein die Finsternis, und eine gute Fee stand vor den beiden. „Halli-hallo, ich bin die gute Fee Melanie! Was machst du denn mit einem Frosch auf einem Pferd hier im Wald?“

Eduard sagte: „Eine Hexe hat meinen Herrn, Prinz Hosibald, in einen Frosch verwandelt.“ Hosibald hüpfte und quakte darauf: „Quak, Quak!“

Die gute Fee Melanie wusste gleich Bescheid: „Das war bestimmt die Hexe Walli. Sie ist meine Tante. Der fällt immer nur Unsinn ein."

Eduard fragte: „Kannst du uns helfen?" „Ja", sagte die gute Fee Melanie. „Ich verwandle dich wieder in einen Prinzen." Sie schwang ihren Feenstab und sprach dabei einen Zauberspruch. „Schlanz, Schlunz, Schlinz, sei wieder ein Prinz!"

Und im selben Moment wurde aus Hosibald wieder ein Prinz. Eduard rief erfreut: „Mein Herr, Ihr seid wieder ein Prinz!" Hosibald bedankte sich bei Melanie: „Danke, gute Fee! Das war sehr nett von dir!" Dabei fiel Hosibald ein, warum sie hier im Zauberwald waren. „Aber wir müssen ja die Prinzessin befreien. Kennst du den Weg zur Drachenhöhle?" Darauf antwortete Melanie: „Nein, den Weg kenne ich nicht, ich helfe euch aber suchen."

Da waren Hosibald und Eduard aber froh, denn jetzt waren sie ja zu dritt. Mit der guten Fee Melanie hatten sie eine neue Freundin gefunden. Und es ist immer schön, wenn man neue Freunde findet.

Auf ihrem Weg erzählten sie sich viel voneinander, und so verging die Zeit wie im Flug. Dabei kamen sie immer tiefer in den Wald.

Ab und zu tauchten auch kleine Wichtel auf. Ganz plötzlich standen sie da und sagten zusammen einen Spruch auf.

„Das ist die Geschichte von Hosibald,
und wir sind die Wichtel vom Zauberwald.
Wir sind nur so groß wie Mäuschen
und wohnen in ganz kleinen Häuschen.
Wir wissen alles, was hier im Wald geschieht,
und das ist sehr spannend, wie man hier sieht."

Bevor Hosibald etwas fragen konnte, waren sie schon wieder verschwunden.

Im Wald aber wohnte ein sprechender Baum. Er war sehr groß und hatte starke Äste. Der Baum wiegte sich im Wind hin und her und die Äste knarzten dabei.

Leider kam nur selten jemand vorbei, mit dem er sprechen konnte. Dabei hätte er doch so gerne mit jemandem geredet. Er konnte nämlich sehr gut Geschichten erzählen. Und er kannte viele Geschichten, denn er war ja schon sehr alt.

Wie er so dastand, hörte er auf einmal, wie jemand angeritten kam.

Es waren natürlich unsere drei Freunde mit Hosinante. Beinahe wären sie an dem Baum vorbeigeritten. Da sagte der Baum mit tiefer Stimme: „Guten Tag ihr Leute, wohin des Weges?“ Hosibald erklärte: „Wir wollen die Prinzessin aus der Drachenhöhle befreien.“

Daraufhin sprach der Baum: „Dazu braucht ihr aber das Zauberschwert, das unter meinen Wurzeln vergraben ist. Sonst könnt ihr den Drachen nicht besiegen.“

Der Baum erklärte den drei Freunden, dass sie das Zauberschwert ausgraben mussten. Aber mit was sollten sie nur graben? Zum Glück konnte die gute Fee eine Schaufel herbeizaubern. „Miffel, moffel, maufel, herbei kommt eine Schaufel.“ Der Baum war begeistert. „Die ist genau richtig. Das Zauberschwert liegt unter meiner Wurzel, ungefähr einen halben Meter tief.“

Hosibald stieg von seinem Pferd ab und fing gleich an, mit der Schaufel zu graben. Nach einer Weile stieß er auf etwas aus Metall. Hosibald war ganz aufgeregt: „Da ist etwas!“

Er grub weiter, und nach kurzer Zeit hielt er tatsächlich das Zauberschwert in seinen Händen. Hosibald reckte es hoch in die Luft und rief dabei laut: „Hurra, ich habe das Zauberschwert!“ Auch Eduard freute sich: „Hurra!“ Die Fee Melanie klatschte vor Freude in die Hände. Der sprechende Baum war auch froh, denn auf die Dauer ist es sehr unbequem, auf einem Schwert zu stehen.

Und weil seine Wurzeln jetzt freigelegt waren und er nicht alleine dableiben wollte, sagte er: „Ich komme mit und helfe euch, die Prinzessin zu befreien. Das wird bestimmt ein tolles Abenteuer. Hier ist es mir sowieso zu langweilig.“

Und so waren unsere Freunde schon zu viert. Vier sind natürlich viel stärker als zwei, und so wurden sie immer mutiger.

Nach einer Weile gabelte sich der Weg, und sie wussten nicht, welchen davon sie nehmen sollten. Neben dem Weg stand ein kleines Häuschen. Der Baum schlug vor: „Wir könnten doch mal anklopfen und nach dem Weg fragen!“

Hosibald klopfte an das Häuschen. Gleich darauf kam ein Zwerg namens Ringel heraus und fragte mit barschem Ton: „Was wollt ihr denn hier?“ Hosibald sagte freundlich: „Wir wissen nicht, welcher Weg zur Drachenhöhle führt. Kannst du uns weiterhelfen?“
„Klar kann ich das! Wollt ihr die Prinzessin befreien?“

Melanie wunderte sich: „Ja, woher weißt du das?“ „Alle Leute sprechen davon. Das ganze Königreich ist schon gespannt, ob ihr es schafft.“ Eduard war überzeugt: „Wir schaffen das bestimmt.“ Der Zwerg spottete: „Ihr kennt ja nicht mal den Weg!“ Daraufhin bat der Baum: „Darum brauchen wir deine Hilfe!“ „Na gut“, gab sich der Zwerg Ringel großzügig.

„Zuerst müsst ihr links, dann rechts, dann links, dann rechts, dann links, dann rechts und dann über den Fluss und dann den Berg hinauf.“ Dabei fuchtelte Ringel mit den Händen und zeigte mit den Fingern in die genannten Richtungen.

Melanie fragte verwirrt: „Kannst du uns das noch mal langsam sagen?“ Daraufhin sagte der Zwerg: „Ach was, ich komme lieber mit, sonst findet ihr die Höhle ja doch nicht. Ich hab' einfach ein gutes Herz.“ Ringel sperrte noch schnell sein Häuschen zu und kam mit. Denn er kannte den Weg zur Drachenhöhle genau.

Unterwegs erzählte Ringel den neuen Freunden, dass er sein Haus deshalb an die Kreuzung gebaut hatte, damit er den Leuten, die sich nicht auskannten, den Weg zeigen konnte.

Nach einer Weile kamen sie an einen reißenden Fluss. Sie überlegten, wie sie ihn überqueren könnten. Da hatte der Baum eine gute Idee. Er legte sich einfach über den Fluss, und so hatten die anderen eine Brücke, auf der sie sicher zum anderen Ufer hinübergehen konnten.

Dann kamen sie an einen hohen Berg, und weit oben sahen sie den Eingang zur Drachenhöhle. Aber bis dahin war es noch ein beschwerlicher, steiler Weg.

Währenddessen standen in der Drachenhöhle Ritter Kunibert, der Drache Plappi und die Prinzessin Edeltraud und ihre Amme Elfriede beisammen. Edeltraud flehte Ritter Kunibert an: „Bitte, Ritter Kunibert, lasst uns doch endlich frei.“

Daraufhin sagte Kunibert grimmig: „Das werden wir nicht tun.“ Und der Drache Plappi, der immer alles nachplapperte, stimmte zu: „Genau, das werden wir nicht tun.“

Prinzessin Edeltraud bat: „Dann lass wenigstens meine Amme frei." Worauf die Amme Elfriede tapfer erklärte: „Nein, Prinzessin, wenn du da bleibst, bleibe ich auch da." Darauf brüllte Kunibert laut: „Ich bin der böse Ritter Kunibert, und ich sage: Ihr bleibt alle da!"

Wieder plapperte der Drache Plappi nach: „Genau, und ich bin der fürchterliche Drache Plappi, und ich sage auch: Ihr bleibt alle da!"

„Aber ..." Die Prinzessin wollte etwas sagen, kam aber nicht weiter, weil Kunibert sie unterbrach: „Nix aber!"

Und der Drache Plappi wiederholte: „Genau! Nix aber!" Und dann fügte er noch hinzu: „Wenn wir euch freilassen, können wir ja gar nicht mehr Verstecken und Fangen spielen. Dann ist es wieder furchtbar langweilig in der Höhle."

Der böse Ritter Kunibert und der fürchterliche Drache Plappi ließen die Prinzessin und ihre Amme also nicht gehen, und so mussten sie weiter als Gefangene in der Höhle bleiben. Dabei waren sie doch schon so lange gefangen. Aber es gab kein Entrinnen.

In der Zwischenzeit hatten sich Hosibald und seine Gefährten an den schweren Aufstieg gemacht. Plötzlich standen wieder Waldwichtel vor ihnen. Auch diesmal sagten sie ein paar gereimte Verse auf.

„Schon weit sind die fünf Freunde gekommen,
haben viele Gefahren auf sich genommen.
Ob sie die beiden Bösen bezwingen,
Prinzessin und Amme nach Hause bringen,
wie die Geschichte wird weitergeh'n,
kann man hier im Zauberwald seh'n!"

Einer der Wichtel rief noch: „Der böse Kunibert kriegt bestimmt eins auf die Mütze." Und dann waren sie so schnell, wie sie gekommen waren, auch wieder verschwunden.

Der Weg war jetzt steinig und steil. Immer wieder mussten unsere Helden über Felsen klettern und sich gegenseitig hochziehen. Mit viel Mühe waren sie schon fast den ganzen Berg hochgestiegen und ganz nahe an die Drachenhöhle herangekommen.

Es waren nur noch wenige Meter bis zum Eingang.

Alle waren schon sehr erschöpft, doch endlich hatten sie den Platz vor der Höhle erreicht. Natürlich hatten unsere Freunde Angst, aber Hosibald war ganz mutig und rief: „Du böser Ritter Kunibert, komm heraus und lass die Prinzessin frei!"

Da sprang der böse Ritter Kunibert aus der Höhle heraus und rief: „Das würde dir so passen! Ich lasse die Prinzessin nicht frei!" Dabei zog er sein Schwert und sprang auf Hosibald zu. „Los, kämpf mit mir!"

Der Baum rief: „Hosibald, denk daran, du hast das Zauberschwert.“ Und Hosibald zog sein Zauberschwert und kämpfte gegen Kunibert. Es entbrannte ein schrecklicher Schwertkampf. Plötzlich zeigte Hosibald mit dem Finger nach oben und Kunibert schaute in die Luft.

Dabei haute ihm Hosibald
mit dem Schwert auf den Fuß.
Kunibert hüpfte auf einem Fuß im Kreis
herum. Da schlug Hosibald ihm
das Schwert aus der Hand.
Kunibert rief in die Höhle hinein:
„Drache, komm heraus und hilf mir,
die Bande zu verjagen!“

Sofort stürmte der Drache Plappi aus der Höhle und brüllte: „Ich bin der fürchterliche Drache!“ Doch Hosibald ließ sich nicht entmutigen. „Und ich habe das Zauberschwert, mit dem ich dich besiegen kann.“

Da bekam Plappi es mit der Angst zu tun, denn er wusste, wie stark das Zauberschwert war. „Oh je, dagegen kann ich nicht gewinnen!“ Weil er wusste, dass er verloren hatte, hielt er die Pfoten in die Höhe und ergab sich.

Eduard forderte seine Mitstreiter auf: „Los, wir umzingeln sie.“ Und schnell machten unsere Freunde einen Kreis um den bösen Ritter Kunibert und den Drachen Plappi, und damit waren die beiden gefangen. Unsere Helden sperrten die beiden Bösewichte in die Höhle, und schnell zauberte die gute Fee Melanie einen großen runden Felsbrocken herbei.

Endlich konnten Hosibald und Eduard die Prinzessin und ihre Amme befreien. Mit dem Zauberstab schob die Fee den Felsbrocken so vor den Eingang der Höhle, dass der böse Ritter Kunibert und der Drache Plappi nicht mehr herauskommen konnten.

Edeltraud war überglücklich: „Danke, lieber Prinz, dass du uns befreit hast.“ Und Elfriede fügte hinzu: „Wir dachten schon, wir müssten für immer in der Höhle bleiben.“

Hosibald erklärte: „Ich konnte euch nur befreien, weil mir meine Freunde dabei geholfen haben.“ Edeltraud verkündete: „Danke euch allen! Mein Vater, der König, wird euch reich belohnen.“ Und sie umarmte den Prinzen ganz fest.

Als sie ihn wieder losgelassen hatte, nahm Hosibald ihre Hand und sagte: „Dann können wir ja jetzt heiraten!“ Edeltraud fiel Hosibald um den Hals und erwiderte freudestrahlend: „Oh ja, liebend gern.“ Und weil Elfriede Eduard so gut gefiel, sagte er zu ihr: „Wenn du willst, können wir beide auch heiraten.“ Und auch Elfriede freute sich und entgegnete: „Oh ja, liebend gern.“

Und so gab es auf dem Schloss des Königs eine Doppelhochzeit. Das ganze Volk im Königreich feierte mit und die Menschen tanzten vor Freude auf der Straße.

Die Fee wurde zur Schlossfee ernannt und zauberte dort lauter gute Dinge. Der Zwerg wurde Fremdenführer im Königreich, und der sprechende Baum bekam einen schönen Platz im Schlossgarten und konnte den Besuchern viele Geschichten erzählen. Am liebsten aber erzählte er die Geschichte: „Hosibald und das Zauberschwert".

Der Autor

Manfred Stanzel, Jahrgang 1964, spielt gern Theater und schreibt Stücke für Erwachsene.

Als sein Sohn im Kindergarten war, schrieb „Manni“ ein Märchen und spielte mit den Kindergartenkindern Theater. Dann entstand die Idee, aus dem Theaterstück ein Buch zu machen.

Die Illustratorinnen

Zu einem Märchenbuch gehören natürlich auch Bilder. Gut, wenn man eine Zwillingsschwester hat, die malen kann.

Eveline Schiefele malt in ihrer Freizeit fast alles, vom künstlerisch gestalteten Osterei bis zu Wandgemälden im Kindergarten, in dem „Evi“ auch arbeitet.

Ihre Tochter, Melanie Reichhardt, hat die Liebe zum Malen von ihrer Mutter geerbt, und so war klar, dass die beiden die Illustration des Buches zusammen übernehmen. Da „Melli“ von Beruf Konditorin ist, bäckt sie auch super-leckere Hosibald-Torten.

„Hosibald und das Zauberschwert“ gibt es auch als **Theaterstück** für Kindergartenkinder und Grundschüler im Alter von 2 – 10 Jahren und älter. Dabei stehen auch Vorschläge zum Bühnenbild und zu den Kostümen zur Verfügung, sodass das Stück mit sehr einfachen Mitteln gespielt werden kann. Nähere Informationen gibt es auf der Website: **www.hosibald.de**

Das Buch ist 2020 in 2. Auflage erschienen bei:
editionblaes, www.editionblaes.de

Zusätzlich zum **gedruckten Buch** gibt es jetzt auch ein **Hörbuch** und ein **Bilderhörbuch.**
Alle drei Varianten kann man bestellen bei:
www.shop.editionblaes.de
oder direkt beim Autor:

Manfred Stanzel
Rohrerstraße 38
89335 Ichenhausen
Email: manfred.stanzel@t-online.de